その改革に「魂」はあるか。

Matsuo Sangyo 株式会社 代表取締役会長 兼 社長 渋谷 翔一郎 著

倒産寸前の企業を
1年で再生した、
その裏側。

まえがき

本書は、私、Matsuo Sangyo 株式会社 代表取締役会長 兼社長、渋谷翔一郎のこれまでの人生を振り返る本である。しかし「自伝」などという言葉はふさわしくないかもしれない。私は2020年6月に28歳になったばかりの若輩者であり、経営者としての経験も、3年あまり。人生を語るなどおこがましく感じる。

ただ、かねてから、自分と会社の節目節目に、現在・過去・未来に関する認識を書き残しておきたいという気持ちがあった。過去の出来事とその時の想い、現状の分析、そして将来展望を、のちのち折に触れて参照できるような形で、である。

今、まさに私の人生はターニングポイントにある。2015年、経営危機にある当社に入社し、2018年に社長就任。荒波の中、社の存続を賭けた数々の改革を行い、業績をV字回復させることができた。事業が安定軌道に乗った現状に慢心することなく、これから、会社を新たなステージに導くための真の飛躍を試みるつもりだ。

そのようなタイミングで書籍を出版するお話をいただいたことは偶然というほかない。記録を残したいという気持ちはあったものの、まさか自分の考えを出版物の形で世に出すことになるとは思っていなかった。迷いがなかったわけではないが、自分のかねてからの想いに符合するものを感じ、決意することができた。

考えは稚拙であろうし、今後、本書で示した考えを全否定しているかもしれない。しかし、だからこそ「現在地」を残しておく意義がある。見栄を張ったり、嘘で飾ったりしては意味がない。道を外れかけたこと、格好悪いところ、情けないところも、包み隠さずさらしていくつもりだ。

著書の出版を決意させた理由がもう一つある。それは創業者である私の祖父、松尾登一郎の存在だ。この後の本編にも何度も登場する、私が最も尊敬する人物である。

祖父は、社長退任直前の2002年、自らの人生、そして松尾産業（現・Matsuo Sangyo）の創業と発展の歴史を振り返る自著『ゼロからの挑戦』（文芸社）を執筆した。この本は、祖父の創業への思いや家族へのまなざしが率直に、飾りなく綴られており、私にとって唯一無二の書だ。

松尾産業を受け継ぐことは、祖父が本に遺した歴史を、新たに紡いでいくことでもある。つまり本書は、私にとって『ゼロからの挑戦』の続編なのだ。

本書を通じ、祖父、両親、学校の恩師、友人、社員、お客さまや取引先等々、私と関わった方々、お世話になった方々への感謝の気持ちを示したい。加えて、これから出会うことになるかもしれないすべての方に向け、私のことを知ってもらえる本にしたい。とくに、今から社会に出る学生や、新しいチャレンジに踏み出そうとする若い世代の方々を、勇気づけられるような内容になればと思っている。

前置きが長くなってしまった。それでは、私の話にお付き合いいただこう。

目次

その改革に「魂」はあるか。

第一章 誕生

第二章 最強で最低な学生時代

第三章 社会の中で揉まれながら

第四章 過去最高益を叩き出す理由

第五章　信念

あとがき　未来へ

第一章
「誕生」

タンコウの町で

私は1992年（平成4年）6月8日、福岡県大牟田市に生まれた。父は松尾産業専務取締役（当時）の渋谷二三夫、母は創業者の松尾登一郎の娘、由美子。夫婦にとって待望の第一子の長男である。後に否応なく「家業」と向き合うことになる人生をスタートさせたわけだが、むろん生まれたばかりの私にそんなことを知る由もなく、元気な産声を病室中に響かせた。

私が生まれ育った大牟田は、炭鉱の町だ。

この地の永い歴史が生んだ無尽蔵の石炭は、江戸時代から燃料として採掘が始まったという記録がある。明治初頭には、富国強兵、重工業化の最重要拠点として国営による炭坑の操業が開始され、

1889年に三井に払い下げられた。

大牟田は、東側に三池山をはじめとする山々があり、西側には有明海を臨む。有明海は遠浅でありながら、1908年に大型タンカーが接岸できる三池港が築造された。そして山々と海の間には、なだらかな平地と河川が横たわっている。つまり、この地域は、石炭の採掘から輸送、そして暮らしやすい街を作る全ての条件を備えていた。三井三池炭鉱は昭和初期に最盛期を迎え、戦争を挟み、1955年頃まで生産量を拡大。大牟田は人口約20万人を抱える都市に成長した。三井三池炭鉱の高い煙突は、九州の、否、日本の近代化、工業化の象徴と言っても過言ではない。

炭鉱の歴史には、常に血と汗にまみれた肉体労働がある。大牟田には全国から壮齢の男性を中心とした労務者が集まった。集合住宅や簡易宿泊所が次々に作られ、商店街や飲食店、歓楽街などが集積する、活気ある町並みを形成していった。

しかし「黒いダイヤモンド」ともいわれた石炭の価値を大きく変える世界的な趨勢が起こる。1950年代、中東で良質な石油の採掘が本格化し、主要エネルギー源が石炭から石油へ急転換したのだ。収益性が悪化した九州の炭鉱は、合理化と称し次々に閉山。三井三池炭鉱は最後まで生き永らえたものの、規模縮小を繰り返して1997年に閉山。九州の炭鉱の歴史は、完全に消えることとなった。

もはや煙を吐き出すことがなくなった三井三池炭鉱の高い煙突は、1998年に国の有形文化財に登録。2015年には大牟田の炭鉱を含む関連施設を一括し「明治日本の産業革命遺産　製鉄・製鋼、造船、石炭産業」として世界遺産に登録された。

炭鉱は、文字通り「過去の遺物」となったのだ。

あそび場は「年金通り」

いうまでもないが、私が少年時代を過ごした1990年代および2000年代には、大牟田の炭鉱の歴史はすでに終わっていた。市の人口は、最盛期の20万人から、10万人にまで半減し、近代日本の工業化の象徴だった大牟田は、21世紀日本の高齢化の象徴として語られるようになっていた。

私の子どもの頃にみた故郷の姿は、街を囲む幹線道路沿いに、家電量販店やスーパーなど、郊外型店舗が建つ、どこにでもある地方都市だ。しかし、道路から内側に一歩入ると、活気のあった時代を偲ばせる独特の街並み、そして独特の人間たちがいた。

営業している店はまばらであるが、昭和を感じさせる商店街と、スナックなどの飲み屋。「年金通り」と呼ばれるアーケード街には、その名の通り、年金暮らしの高齢者たちが安く飲める飲み屋が並んでいる。私たち子どもは、昼間から飲み始めるおっちゃんたちに、時折怒鳴られたりしつつ、廃墟やあばら家の間を縫うように入り組んだ路地を、格好の遊び場にした。

私に、炭鉱そのものの記憶はない。しかし、この街に育つ子供の多くがそうであるように、炭鉱とは何かを知らぬうちから「タンコウ」という言葉の響きを覚えた。「大牟田は炭鉱の町だから〜」といった会話が日常的に交わされるからだ。そして、その言葉の後には「喧嘩っぱやい」とか「酒飲み」とか、なかなか男くさい文句が続く。人も街並みも全く変わってしまったが、私たちの心の奥深くには、そんな、炭鉱の町のスピリットが息づいているようにも感じるのだ。

家業と家族

さて、そろそろ私たちの家業と家族について説明しておこう。

松尾産業は、私の祖父、松尾登一郎が創業した。祖父は1929年に大牟田に生まれ、旧制の商業学校3年生、15歳のときに終戦、直後の1946年に就職した。戦後の大混乱の中、三井三池炭鉱の事務員など職を転々としたのち、自衛官を経て、塗装業、警備業などの事業を起こす。しかし失敗し、ほとんど無一文の状態となった。1971年、41歳の時に妻と娘（私の母）の3人で、夜逃げ同然に大阪に移住した。片道の旅費しか持たない、着の身着のままの大阪行きだったという。

大阪でも、塗装業の失敗など苦難を重ねたが、転機となったのは1979年ころ。後述する防犯事業を立ち上げたことだ。1984年には大阪市西区に移転し法人化、松尾産業株式会社としてスタートを切っている。

故郷への想いがあったのだろう。大阪行きから14年後、1985年に大牟田に転居し、1988年に松尾産業の本社を大牟田に移転している。私が生まれる4年前の話だ。

著書『ゼロからの挑戦』では、祖父が家族とともに、また大阪での苦難の時期に家にふらりと現れて以来、心の支えになった愛犬ゴロを連れ、大牟田の地を再び踏んだ時のことが感慨深く語られている。「晴れ晴れとした、生涯忘れることのできない感動の故郷入りであった」との記述に、祖父の思いがひしひしと伝わってくる。私が本書で最も好きな場面の一つだ。

看板製品「ロスコン」

祖父が大阪で始め、現在に至るまで当社が一貫して主業務とするのが、有線式万引き防止警報装置『ロスコン』の製造・販売である。

誰もが、家電量販店や携帯ショップで見たことがあるだろう。ワイヤーに小さなスイッチが付き、展示品などの商品をつなぐ機器だ。商品を引っ張ってスイッチが外れたり、コードが切られたり、抜かれたりすると、アラームがなる仕組みになっている。

商人（あきんど）の街大阪では、スーパーや電気屋などでの、小売業の大敵である万引きや盗難の対策が死活問題。祖父は当初、セキュリティ先進国のアメリカの店舗で使われていた、タグとゲートを用いた電波式万引防止装置の代理店販売を行っていたが、次第に日本の店舗に合う、より簡易で機動的な製品の必要性を強く感じるようになり、自社開発に乗り出した。ちなみに「ロスコン」の名称は、万引による「ロス」を「コントロール」するという意味で命名されている。

ロスコンの開発過程では、製品の不具合による苦情、売り上げ低迷などで、何度も挫折しそうになったが、顧客ニーズを丁寧に聞きながら改良を重ねた。祖父はもともと電気に関する知識はまったくなかったが、大阪の日本橋で部品と半田ごてを買いこみ、日夜悪戦苦闘したのだという。

ロスコンは、安価さと実効性の高さから評価され着実に普及。大阪から全国区へと知名度を広げていった。当初、盗難を防止する店頭商品はラジカセやカメラが主であったが、時代の流れとともに、CDプレーヤーやウォークマン、1990年代以降は、ノートパソコンや携帯電話など電子機器用に需要を拡大。ニーズに合わせ機能や形を変えながらバージョンアップ、製品ラインナップを増やし、同カテゴリの製品では60%のシェアを獲得するほどの、確かな地位を築いた。

さらに松尾産業は、ロスコンで培った技術を活かし、通行止めの場所に車が突っ込んだ際に通知する車両突入警報装置なども開発。工事現場や警察に採用されるなどヒットを記録。防犯事業の総合メーカーとしての地位を築き上げていった。

一遠いようで近い祖父の存在一

祖父は2003年に社長を退任し、会長に就任。代表取締役社長には、私の父、渋谷二三夫が就任した。私が小学生の頃である。

経営者の家系に生まれたということは、子どもながらにわかっていた。父が祖父の跡を継いだ意味も私なりに理解していた。そして、ごく自然な流れで、将来、いつかは自分が会社を継ぐことになるのだろう、という意識も植え付けられていった。

こちらも子供心に理解したのが、創業者である祖父の存在の大きさだ。父が社長、母が副社長となってからも、祖父は精神的な支柱であり続けていた。その場にいるだけで、雰囲気がピリッと締まるのがわかる。そこには、事業をゼロから創り上げた男の、唯一無二の佇まいがあった。

余談ではあるが、私の苗字は父方の渋谷であり、母方の松尾家は、創業者から連なるいわば本家である。社内でも、渋谷家と松尾家の間に、社員を巻き込む、派閥にも似た微妙なものがあったようにも聞いている。その意味でも、祖父は組織をまとめ上げるため、なくてはならない要(かなめ)。現場は父に任せても、本当に大切なことは祖父の声が決め手。そんな威厳があった。

祖父は忙しい人なので、友達からよく聞くような、おじいちゃんに遊んでもらった記憶や、夏休みにどこかへ連れて行ってもらった記憶はほとんどない。しかし私のことをかわいがってくれたのは確かだ。日曜日の昼間などに会いに行くと、両親や社員と接する時とは異なる、柔らかい表情を浮かべる。口数は多くないが、温かいまなざしを常に感じた。私にとって、近いようで遠い、遠いようで近い存在の祖父であるが、一言で表すならば、やはり「優しいおじいちゃん」だ。

引っ込み思案な性格

私の家は、周囲と比べ裕福であったといってよいだろう。私は一人っ子ということもあり、クラスの誰も持っていないような高価なおもちゃも、わりとすぐに買ってもらえていたような記憶がある。また、両親が共働きで、子供にかかりきりになることができないことから、小学生になると、毎日千円を渡され、ゲームセンターで遊ぶような放課後を過ごしていた。周りの子どもからは、うらやましがられるような生活かもしれない。

とはいえ友達は多くはなかった。どちらかというと引っ込み思案なほうで、友達に「遊ぼう」と気軽に誘うことが苦手だったのだ。この性格は今でも基本的に変わっていないと感じる。職業柄、社交的にふるまわなければならないことは多く、仕事で必要な会話は、もちろんするのであるが、あまり意味のない話や、他愛ない話というのが苦手。何を話したらよいかわからないし、意味がない話ならしなくてもよいだろう、と黙ってしまう。この仕事をしていなければ、一日一言も話さないことも多いだろうと思う。

社長の息子ということで、たまに会社へ遊びに行くと、あちこちで社員から「翔ちゃん、翔ちゃん」と言われてかわいがられ、忘年会など、会社行事には大人に混じって参加することもあった。しかし、あたりまえだが会社は大人の世界だ。子どもが本当の意味で溶け込むことはない。子ども同士で無邪気に遊ぶということがいまいちできなかった私は、少し孤独な少年だったといえる。

野球との出会い

そんな私が、同年代の子どもたちとともに、無心に打ち込む対象をみつけたのは小学校3年生の時だ。それは野球だった。

当時、近所に、よく一緒に遊んでくれていた2つ上のお兄ちゃんがいた。私にとっては数少ない友達である彼が、地元の少年野球チームに入ってから、練習のため日曜日に遊んでくれなくなってしまった。「ぼくも野球がやりたい」と思ったのは当然の成り行きだった。

実は、小さなころから運動神経は良かった。とくに足が速く、かけっこで負けた記憶がほとんどない。走力は、あらゆるスポーツの基本であり、特に子供のころは、何の競技でもほぼ足の速さで決着がつくところがある。野球の上達も早く、2つ上のお兄ちゃんよりもすぐにうまくなり、低学年にしてレギュラーを獲得するまでになった。

足の速さを買われ、打順は一番だ。どんなピッチャーが相手でも、バットに当て、ゴロを転がせばヒット。塁に出れば、二盗三盗を決める。当時、打率は5割近くといっても大げさではなかっただろう。ポジションはショート。敏捷性と肩の強さが両方いるポジションであるが、その両方で人に負けない自信があった。

私が生まれる少し前に、福岡にはプロ野球球団「福岡ダイエーホークス（現ソフトバンク）」ができ、地元の野球熱が高まっていた時期だ。しかし、私が同年代の野球少年と少し違っていたのが、プロ選手へのあこがれ、子供らしい夢を抱いたことがなかったことだ。いま振り返ると、無意識的に、将来は会社を継がなくてはならないという気持ちが働いたのかもしれない。

では、私が野球に夢中になったのはなぜだったのか。それは紛れもなく、自分が主役になれる舞台だったからだ。チャンスでヒットを打ったり、ファインプレーをしたりすれば、注目が集まり、称賛される。「社長の息子」ではない「渋谷翔一郎」として認められる瞬間だ。この快感は、今までにないものだった。また、なれなれしいコミュニケーションが苦手だっただけに、勝利という明確な目標のために、戦略を話し合ったり、団結したりできるのも心地よかった。

もう一つ、私が持つ特質的な性格がある。打ち込む対象を見つけると没頭してしまい、妥協できないことだ。当時から、何事も1番でなければ意味がなく、2番は最下位と同じという意識があった。練習量は半端ではない。チームの合同練習だけでは飽き足らず、自主的に毎日、何時間もボールを投げ、捕り、バットを振り続けた。毎日全力で何十、何百と投げ込む練習は、今考えると小学生の体にはオーバーワークだ。体を酷使し続ける私に、ほどなく悲劇が訪れることなど、予想すらしていなかった。

ー肘が動かない！ー

私の体に決定的な異常が起きたのは、小学5年生のときだった。野球を中学生でも続けるつもりで、部活で軟式野球をするか、クラブチームで硬式に進むか、といったことを考えてはじめていた頃である。県大会を控え練習に熱が入っていたある冬の朝、肘が固まったように動かなくなり、曲がらなくなったのだ。

それまでも、練習後に肘の痛みを感じることはあったのだが、筋肉痛だろうと思っていたし、毎日練習しているのだから痛いのは仕方のないことだと放っておいた。練習を休むという選択肢はなかった。しかしさすがに腕が曲がらないとなれば、病院に行かないわけにもいかない。

整形外科で告げられたのは衝撃の事実だった。酷使した肘の軟骨がバラバラに遊離し、その欠片が肘の関節内に入り込んで動きを邪魔していた。「小学生では考えられない状態」と医師が驚くほどに、私の肘はボロボロになっていたのだ。

その時点でもまだ、痛み止めの注射でも打てば復帰できるだろうと軽く考えていたのだが、いつ治るのか、いつ練習を再開できるのか知りたがる私に医師は「野球ができる、できないの問題ではなく、普通の生活ができるかの問題。一生、障がいが残るかもしれません」と残酷な言葉を告げたのだった。

押さえつけられるようにギブスをはめられ、呆然と病院を出てきた時、何を思っていたか記憶がない。ただはっきり覚えているのは、母親が泣いていた姿だ。幼い頃から、どこか孤独そうだった息子が、やっと見つけた少年らしく無心に打ち込める対象が野球。それを奪われた私の気持ちがわかっていたのだと思う。

ちなみに、控えていた県大会はギブスを取って無理に出場してしまったと記憶している。しかし満足なプレイができるはずもない。自分が誰よりも輝け、主役になれる場所を失った私の心は、急速に野球から離れはじめていた。

―惰性でプレーした中学時代―

私の気持ちを知る母は、なんとか野球が続けられないかあちこちを奔走してくれた。肘の治療が得意な遠くの病院に連れて行ってくれたり、関節痛に良いサプリメントを調べて買ってくれたり。そのおかげか、完全に治癒することはないが、軽く野球をプレイできるほどに痛みは和らいできた。

そして私は中学でも、野球部に入部することになる。ただし母からは「高校ではやらない」と厳しい条件を出された。母にとって、息子の体と心を案じた結果、ぎりぎりの妥協点だったのだろう。

中学でも、そこそこの成績は残していた。早々にレギュラーを獲得し、3年時にはキャプテンを務めている。走るのは変わらず速く、肘に負担がかからないバッティングでは、チームに貢献することができた。

しかし、選手として終わっているのは、自分自身がよくわかっていた。練習には以前ほど身が入っておらず、身体能力に頼るだけになっていた。人には弱みを見せなかったが、実はボールを全力で投げられず、投げているつもりでも無意識にかばっている状態。全身を使い、全ての力、体重を腕に伝えるフォームで投げなければ、いくら筋力があっても、球にスピードも距離も出ない。なにしろ、小学校時代すでに90mに達していた遠投の距離が、ケガのあとガクッと落ち、身体的に最も伸びるはずの中学生の3年間、結局小学生時代を超えることはなかったのだ。

第二章

「最強で最低な学生時代」

―不良の道へ―

惰性で野球を続けていても、そこそこの成績は残る。しかしもはやトップクラスでプレイできるような向上は望めない。一番になることを諦めながら続けることは、自分自身で到底許せないことだ。私が最も嫌いな「ハンパ」な状態である。自分が主役になれる新たな対象がほしかった。

私にとってそれは、不良の道であった。

炭鉱の町だから、ということではないだろうが、私の学校では、男子生徒はスポーツに励むか、不良になるかという男くさい選択肢があった。ごくごく少数、まじめに勉強して好成績を目指す選択肢を取る者もあり、それはそれで尊重はされるのだが、やはりスポーツ派が多く、はみ出たものは、最強の不良を目指す。思い込みも多分にあるだろうが、野球に挫折し、勉強は好きではなく、残された道は、私の中で一つしかないように思えた。

そこからはお決まりのパターンである。夜に家を抜け出してはバイクに乗ったり、仲間とたむろしたりといった生活が始まる。私の学校は、同学年は比較的おとなしかったため、別の中学の「志」を同じくする者とつるむようにもなり、学校をまたいだ集団に組み込まれることになる。

こういった組織の上下関係は異常なまでに厳しい。先輩から「いま、なにしよっとか」と電話がかかってきては、昼夜問わず呼び出される。何かの理由で私に対して激怒したらしい先輩数人から、海辺に呼び出されて理不尽に殴られたこともある。

不良の世界の力関係は、腕っぷしの強さだけでなく、度胸や根性など、人から一目置かれ、その人の元に人が集まることによって決まる。上に立つためには、舐められては終わりだ。度胸を認めさせるため身の危険をさらす行為をすることもある。引くに引けずに行った、根性焼きの跡は手の甲に痛々しく残っている。

このような話に顔をしかめる向きもあるだろう。無理もない。たしかに行為自体は無益としかいいようがない。美化する気持ちも毛頭ない。とはいえ、若さゆえの視野の狭さはあるものの、あの時、自分の居場所を求め、もがく気持ちはリアルなものであったとも思うのだ。

奇妙な家族生活

私の生活が荒れると時を同じくして、私の家庭にも亀裂が入っていく。小学生の頃はケンカをしたことをみたことがなかった両親が、毎日のように言い争う姿を見るようになっていた。学校から帰ってくると、言い争った後のような、重苦しい雰囲気が漂っていることもあった。

率直に言って、私が原因になった部分もあると思う。私が学校で問題を起して親が呼び出されることも多くなっており、教育方針の違いでのいさかいは多かったはずだ。

両親はほどなく、別居の道を歩むことになる。

しかし矛盾しているようではあるが、私自身は、両親と仲が悪かった時代は一度もなかったと思っている。それどころか、親に反抗したこともないつもりだ。

両親が別居した後の高校時代、父との二人暮らしの時期が2年ほどあった。ほとんど口はきいていなかったが、それはそもそも、父も私もあまり余計な会話をしない質であるからであって、仲が悪いわけではない。しかも父は社長業の傍ら、なんと毎朝、私の弁当を作ってくれ、学校まで車で送ってくれていた。私がバイクで走り回り、明け方に帰って来た時などは、ちょうど私の帰宅と同時くらいに父が起き、仕事をはじめる。私が起きると、いつものように父の作った弁当を持ち、父の車に乗って学校に行くのである。

父との奇妙な生活の中、時々母親とも会っていた。母は私のことを心配して、よく電話をかけてきていた。私もまた、言葉はぶっきらぼうなこともあっただろうが、普通に話していた。また、こちらからも用があれば電話する。

両親が別居したことには悲しさはなかった。毎日夫婦ゲンカを見せつけられるよりもよほどよかったし、別居後のほうが、両親ともに程よい距離感となり、家庭が安定したのではないかとすら思っている。

家族とは?

世間一般から見れば、我が家は壊れた家庭かもしれないが、私にとって両親の不和と別居は、家族がバラバラになるものだとは思わなかった。

私たちの家族には、家庭生活のほかに、松尾産業という家業がある。

父と母は、別居後も、変わらず社長と副社長であった。私もまた、家族を考えることは、祖父が作り上げた家業について考えることだという認識をもっていた。両親が役員だからこそ、別居の道を選んでも家族が壊れたとは思わなかったのだ。

一緒に住むだけが家族ではない。そもそも夫婦は他人同士であるし、親と子供も別人格。価値観が違うのは当たり前であり、距離を置いたほうがうまくいくことだってある。一緒に住んでいても、心がばらばらの家庭も、いくらでもある。

私は、思春期に「当たり前」の家庭が揺らいだことで、「家族とはなんだろう」と、その定義を考えることが多くなった。そして、通り一遍の社会通念ではなく、改めて、自ら家族の大切なものを掴み取った感覚をもっている。

「家族とは何か」という問いに明確な答えを出すのは難しいけれども、私たちにとって、その大切なものの中に家業の存在があったのは間違いがない。その意味で、中学生のころ、両親の別居とは比べ物にならないほど、私たちの家族に暗い影を落とす出来事があった。創業者の祖父が、脳梗塞を発症し、満足に体が動かなくなってしまったことだ。

社長の座は父にすでに譲ってはいたものの、一家の精神的支柱でありつづけた祖父が、目に見えて弱くなっていくことは、私たちに動揺を与えずにはいられなかった。会社も、そのころを境に低迷していくことになるのだが、それはのちに話すことになるだろう。

―沖学園高等学校について―

私は二回高校に入学している。最初に入った熊本の学校は、90日で退学になったからだ。在籍は90日だが、登校日数はさらに少なく、数週間程度である。

私は入学早々、学校で問題を起し早々に自宅謹慎を言い渡された。福岡から親が呼ばれ「停学になるか退学になるか、1週間後に審査結果が出る」と言われた。中学時代にも謹慎と称し自宅待機させられたことが幾度もあったので、その時点では「またか」といった気持ちだった。

しかし義務教育の中学校と高校は事情が異なる。1週間後に何事もなかったように登校したところ、教師から「退学です」とあっさり言われたのである。この時の教師の軽い口調と、へらへらした表情には強い嫌悪感を覚えた。自分のまいた種ではあるが、その教師をどれだけ殴りつけようと思ったかわからない。

高校は卒業しておくべきだという考えから、次の学校を探すことになるのだが、ここで紹介しておきたい人物がいる。江口翠だ。江口は幼馴染で、私と同じくやんちゃな道を歩んでいた男。気心が知れ、良くも悪くも行動を共にしてきた親友と言ってもよい存在だ。

私が編入できる高校を探していたところ、彼が通っている福岡の沖学園高等学校で試験を実施していると聞いた。江口が行っている学校なら都合がよい。極めてかんたんな編入試験を受け、晴れて二校目の高校に再入学したのである。

沖学園への編入後二か月くらいは、おとなしくしていた。前の学校での反省から、安全運転で卒業までの学園生活を送ろうと考えた、からではない。まずは校内の勢力図を把握しようとしていたのだ。

どうやら学内には、とびぬけて強い不良の勢力があるようで、江口もなかなか牙城を崩せない様子だった。福岡全域、他県からも生徒が集まる私立高校だけに、地元ごとの争いがあることも感じられた。他地域の生徒の風下に立っては、大牟田の名が廃るではないか。

誰が力を持ち、誰が単に強いものに付き従っているだけなのか。誰と張り合うことで、序列をひっくりかえせるのか、2か月の分析のあとに行動を開始。江口とともにトップに向けた熾烈な争いを展開していくことになるのだが、その詳しい過程については、この本の主題から大きく外れるため割愛する。

要するに、私の行動は全く改まらなかった。むしろ、より悪くなったともいえる。当時の私の写真をみると、見事な角刈りで、どの写真も、常にものすごい目つきでレンズをにらみつけている。人に見せると「今よりも10歳は老けて見える」と言われる。

ある意味で最も輝いているとも言えるが、常識的にみて最も道を外れかけた時期である沖学園時代。しかし、90日で退学となった一校目と異なり、卒業まで面倒を見てもらえた。

それはひとえに、ある恩師のおかげだ。

─恩師への感謝─

沖学園高等学校でも不良の道を突き進んだ私。教科書を開くことなどほとんどなく、試験も毎回毎回、追試続きだった。せっかく入った高校だが、二年生の時には、何もかもすっかり面倒くさくなり「ここにいても仕方ない、もう辞めよう」と考えてしまっていた。

定期試験で追試になり、その追試すら真面目に受ける気も起こらず、このままいけば留年が決定的。留年したら良い機会だから辞めようと思っていた。

何かを察したのだろうか。ある先生に呼び出されてこう諭された。

「君の気持ちは分かっているが、もう少し頑張れ。お父さんは、君のために頑張ってくれているのだから」。

なんてことない言葉である。しかし、その時はなぜか、先生の真心が伝わって来た。同じ言葉でも、本気で言っている言葉と、そうではない言葉は子供でも分かるものだ。無軌道な若者の気持ちというのは、わからないもの。なんとなく「そこまで言うならもう少し残ってみるか」と思ったのである。

今考えるとその一言は、人生においても重要だった。当時、私よりよほどまともに見えた不良たちが、何人も学校を辞めて行くのを見た。先生が私を見捨てれば、間違いなく留年↓中退の道を進んだことだろう。その場合、3つ目の高校に行ったのだろうか、高校を卒業できたのだろうか、いまになっては分からないが、いよいよ修復できない方向に進んでいった可能性も高い。

先生という仕事も大変なものである。とくに私のような問題生徒は、見捨ててもだめだが、いちいち行動を見とがめてガミガミ言い続けてもだめだ。いちいち指摘していると、あまりにも問題が多すぎ、きりがないからだ。放っておくところは放っておいて、ポイントポイントで手を差し伸べる。その勘所を判断するのが、人間力というものだろうか。良い先生に導いてもらったことは幸運というしかない。

念のために言っておくが、現在、沖学園は優秀な人材をたくさん輩出する優良校となっている。私たちは、悪い意味での黄金世代を作ってしまった。少子化で、多くの私立高校の存続が危ぶまれているといわれる昨今、同校のような良い学校は、生徒が増えてほしいし、ずっとあってほしい。いつか、母校のために役に立てることがあればと本気で考えている。

―ビジネスに目覚めた大学時代―

高校を何とか卒業した私は、福岡にある日本経済大学に進学した。
同学は、1968年に設立した経済、経営などを専門に教える大学だ。当初の名称は第一経済大学、その後福岡経済大学という名称になり、２０１０年に現在の名称になっている。九州のビジネスパーソンに出身者は多く、よく同大学出身の社長にお会いする。スポーツでも名前が登場することが多い。また、CHAGE and ASKA の二人、チェッカーズのメンバーら、芸能人の出身者にも個性派がそろう。

大学時代は、私の経営者としての基礎を作ってくれた時期だ。というと、経済大学らしく、経営学や会計などを学び、学識を高めたと聞こえるかもしれないが、そうではない。大学には5日間くらいしか通っておらず、4年在籍した末に中退している。

重要なことは、この時期、先輩たちとビジネスらしきことを始めたことだ。高校時代の、不良の勢力争いで一番を取ってやろうという気持ちが、誰よりも金を稼いでやろう、という勝負になったといってよい。

主に行ったのが車のブローカーである。不良時代のネットワークも使いながら、地元企業トップの人とつながりをつくり、車を売る。ブローカーは元手がいらず、一台売ると30万円くらい稼げた。大学生が稼ぐ額としては大金である。また、全盛だったアフィリエイトやネット通販なども手を出している。当時、アフィリエイトなどのネットビジネスは、ある程度情報に目ざとく反応し、始めてみることで、ある程度儲かった時代だ。

そしていくら稼ぐかと同時に、どのように豪快に使うかを競っていた。福岡から飛行機で30分程度で行ける韓国に行ってカジノを楽しむという遊びを繰り返していた。

はっきりいって、思い上がっていた時期だ。自分には事業の才覚があり、金を稼ぐことは難しくはないと高をくくっていた。そして、ビジネスの世界で日本一になるという野心が頭をもたげてきた。とはいえ、その手段はわからない。考えたことは「とにかく日本の首都に行こう。答えはきっとそこにあるはず」。事業で稼いだ1千万円を手に、意気揚々と日本の首都、東京に乗り込んだのである。

東京で壁に当たる

東京時代に良い思い出はない。中野区に住み、事業の立ち上げを模索したのだが、ここで東京の「冷たさ」を感じることとなる。痛切に感じたことは、大牟田を離れると、誰も会社のことも自分のことも知らないということだ。当たり前のことではあるのだが、19歳の私は、本質的な意味でそのことがわかっていなかったのだろう。小さい時から直接的、間接的に親に助けてもらっていたかということにも気づかされた。

豪遊しているわけではなくても、容赦なく金はなくなる。手元の1千万もどんどん目減りしていった。金がなくなるということは、収入よりも支出が多いのであって、無駄な使い方をしていたからとしかいいようがないのであるが、何が無駄なのかの意識もなかった。同年代の大学生と比べると高い、月15万円の部屋に住んでいたように、金銭感覚もズレていたのかもしれない。

結局のところ、事業で稼いだとはいっても、大事な金ではなかったということなのだろう。汗水たらして稼いだ実感がないからこそ、湯水のように使う。金はいくら使っても入ってくるものという認識がしみついてしまっていたのだ。

一家の支柱、祖父の死

東京に跳ね返されつつあった時期、大牟田から悪い知らせが来る。

祖父の危篤だ。

脳梗塞で倒れてから、病床にあった祖父。いつこのようなことがあってもおかしくない状態ではあったのだろうが、おじいちゃんはずっと生きてくれるものだと思い込んでいた私はその知らせに激しく動揺した。

地元へ飛んで帰り、病院に付いたときにはすでに一刻を争う状況だった。

第三章

［社会の中で揉まれながら］

お好み焼き屋「しぶちん」

大牟田に帰った私は、その後の生き方、家族の在り方を一から考え直さなければならなかった。すぐに松尾産業に入社する選択肢もあっただろう。それが一番スムーズだったかもしれない。跡取りとしての自覚は確かにある。しかし自分自身で何かを形にしないまま祖父が作った会社へ入社するのは、安易すぎるように思われた。

私なりに、大牟田にベースが作りたい。そんな気持ちで、22歳で開業したのが、大牟田の駅前に開店したお好み焼き屋「しぶちん」である。

なぜお好み焼き屋なのか、と唐突に感じるかもしれないが、ここにもささやかな家族のストーリーがある。お好み焼きは大阪に住んだ経験のある母の好物。私にとっても、小さなころから幾度となく食べてきた、いわば「おふくろの味」でもある。

これは後から聞いた話なのだが、私が学生時代、毎日のようにバイクに乗るようになった時、母は無事故を祈って、好きなお好み焼きを断っていた。願掛けで好きなものを断つという話はよく聞くが、それがお好み焼きというのはあまり聞いたことがなく、なんとなく母らしいとも感じる。そのことを思い出した私は、大牟田での最初の挑戦として「母が思いっきりお好み焼きを食べられる場所をつくろう」と、店を開くことを思いついたのである。

22坪のテナントを借りての船出だった。メニューの開発や値段設定などに試行錯誤しながら、「しぶちん」は次第に地元の人たちに知られるようになり、会社帰りのサラリーマンや家族連れ、学生までが集まる憩いの場になっていった。

開店から半年ほどが経ち、大きな利益を上げられるわけではないものの、店は軌道に乗り始めていた。これから二店、三店お好み焼き店を展開していくか、新しい事業を始めて多角化するか、と考えはじめていた。

その時、母から一本の電話が入る。いつになく神妙な声だ。

「松尾産業が倒産しそうだ」。

一家業は危機的状況一

会社の状況について両親と話すことはほとんどなかったが、子どもの頃と比べると、決してうまくいかなくなっているということは空気感でわかっていた。そして母から聞く状況は、想像をはるかに超える危機的なものだった。

松尾産業は、競合他社の突き上げにより売り上げが低下。高コスト構造もあり赤字を出し続け、キャッシュは底をつきかけている。いよいよ、三か月後の手形が落ちなければ不渡りを出す。「倒産」という言葉が目の前まで来ている状況だというのだ。

倒産すれば、家族は多額の借金を抱えることとなる。そして創業時からがんばってくれている社員たちの給料が出なくなり、その家族にまで害が及ぶ。母は、懇願するように「入社して経営を立て直してほしい」と言った。

それを聞いたときの私の感情を思い出すと「怒り」以外の何物でもない。親も苦労したのはわかるし、私は会社が傾く詳しい経緯、業界の事情も分からない。しかし、母の様子に切迫感というか、当事者意識が感じられないように思えたのだ。

聞くとなんと、7期連続で赤字だという。普通の会社が、そんな状態になるまで放置しているわけがない。失敗を覚悟してでも、改革の大ナタを振るったはずだ。創業者がつくりあげたものを食いつぶして、漫然と落ちるに任せ、あぐらをかいていたのではないのか。ハンパな時間を過ごしていたのではないのか。「おじいちゃんが作った会社をつぶして悪いと思わないのか」と声を荒げてしまった。ぶつけどころがない気持ちだった。

そして思った「俺が行くしかないだろう」と。

自分しか、この状況を打開できる人物はいない。当時、経営についてまったく無知であったし、それは根拠なき自信としかいいようがない。しかし、私には一つだけ確実に人に負けないと断言できることがあった。それは、命を懸ける覚悟である。

資金繰り大作戦

お好み焼き屋には他の代表を立て、経営は手放し、松尾産業へ正式に入社。母が社長、私が副社長として再スタートした。

数週間後に手形が落ちなければつぶれる状態での初仕事は、当然、資金繰りである。

決算書の見方も知らなかった私ではあるが、財務がいかに傷んでいるかは一目瞭然だった。7期連続の赤字で、債務超過が積み上がってマイナス1億8千万円。キャッシュは10万円ほどしか残っていない。当時取引のあった金融機関は7行あり、すべての融資枠がいっぱいいっぱいで借りる余地がない。これが開発力と販売力で全国シェアを獲得し、地元で知られた当社の実態であった。

父親の時代から勤め、私も子供時代から面識がある総務部長と一緒に、融資交渉に向かうことになったのだが、銀行の支店長はどこも横柄な態度で、にべもなく追い払われる。連続赤字決算で、債務超過、担保も追加できない会社に金が貸せないのは無理もない。

加えて銀行担当者の話で気づいたことは、当社の経理の内容が全く信頼されていないことだ。多くの中小企業が同じ問題を抱えているのだと思うが、経営陣の公私混同の冗費が多い。銀行の担当者からは「横領」という物騒な言葉まで飛び出してきた。役員が使い込む会社に金を貸すことは、穴の開いたバケツに水を入れるようなものだ。

一縷の望み

この絶望的な状況を変えたのは、総務部長から「最後の一手」として指定された某金融機関だ。総務部長からは「この電話番号に、副社長からアポイントを取ってください」といわれ、何もわからないまま電話を掛け、父とも面識がある担当者と話した。

「お世話になっております。松尾産業の渋谷です」。

「はあ、松尾産業？ 何の用ですか」。

いかにも興味のなさそうな声である。

「お話をさせていただきたいのですが」。

「あなたと話すことは何もありません」。

まったく取り付く島もない。しかしここで電話を切られれば終わりだ。必死で食い下がる。

「私は、社長の渋谷の息子です。このたび副社長に就任しますので、そのご挨拶に伺いたいのです」。

担当者は、どうやら私を父だと思っていたらしい。「息子」という言葉を聞いて、少し口調が変わったように思われた。

「今さら、なにも話すことはないのですが・・」。

「なくてもかまいません。一方的にお話をさせていただきます。どうかお時間をください」。

「聞くだけですよ。話しても無駄だと思いますが」。

一週間後の火曜日、商工会議所でアポがとれた。初仕事から砂をかむような想いの連続であったが、首の皮一枚つながった、のだろうか。

運命の融資交渉

アポに成功したことを総務部長に伝えると、手渡されたのは数枚の原稿用紙だった。「内容は理解できなくて構いませんので、当日までに丸暗記してください」とのことだった。

書かれていたのは、松尾産業再建のための詳細な事業計画だった。売上や利益、キャッシュフローなど財務状況の数字が並び、市場外観と業績予測、そして返済計画がびっしり書き込まれていた。

当時の私には、原稿に並んでいる言葉のほとんどは、まったく意味が分からない。原稿を携帯し、何度も読み返し、トイレにも貼り付け、さらに原稿を読み上げてスマホに録音し、何度も何度も聞いて暗記した。まるで試験前の一夜漬けである。学校の勉強などしたこともない私だが、自分の記憶力に驚くほど完璧に覚えきった。

緊張の火曜日。総務部長とともに商工会議所の一室に向かう。テーブルに着く担当者は、全くの無表情だ。私の頭の中にはマル覚えしてきた言葉がパンパンに詰まっている。挨拶もそこそこに、慎重に一言一言話し始めた。

その間、担当者はほとんど身動きせず、目を伏せている。寝ているのかと思ったほど動かず、話を聞いている様子もない。色よい反応だとは思えなかった。用意した原稿も終わりが近づいてきた。一字一句間違ってはいなかったと思う。

しかし相手の表情を見て「これは違う」と察した。当時の私は、見るからに社会経験のなさそうな20歳そこそこの若者。おそらく、原稿をそのまま言わされていることはわかっていただろう。

私は単なるお飾りではない。命を懸ける覚悟で家業を引き継ぐ気持ちがある。子供の使いのようなハンパな真似をして、会社を潰してしまえば、一生後悔することになる。融資を受けられるか否かはわからないが、今の自分の気持ちを、自分の言葉で表現しなくてはならないと思った。

スイッチが入った。

「すいません、今までは丸暗記していることを話していました。私は若輩者で経営の『け』の字も知りません。しかし、本気で会社を立て直したいと思っています。その気持ちを聞いてほしいんです」。

担当者は伏せていた目をあげた。

そこから自分が話したことは、ほとんど覚えていない。家業への想い、絶対に会社を立て直す決意を、つたないながらも熱心に話した。

一息に話した後、何秒か沈黙の時間があり、彼が口を開いた。

「わかりました。私の口からなんとかするとはいえませんが、解決する方法を教えます。条件を満たせば、融資枠を作ることができるかもしれません」。

その担当者は、7行ある取引先金融機関をできる限りまとめることを条件として提示し、そのための交渉の仕方を私にアドバイスしてくれた。そして、並行して自社での融資の稟議を通す方法を検討していった。どれかが失敗するとすべてダメになるスキームを考え実行する彼には、静かに燃えるプロの目があった。結果、支払い期限直前に2000万の融資枠を設定し危機を回避。さらに、その後の運転資金の融資枠設定も実現にこぎつけることができた。

わが社は、助かったのだ。

熱き融資担当者

2か月のデッドラインが迫る中で行った資金繰りは、まるで切り立つ崖の際を全力疾走しているような毎日。今思い出しても胃が痛くなる。その後も、経営では様々な苦労はあったが、絶対にこの時の経験だけは繰り返したくない。

しかし、そんな思い出したくない日々ではあるが、私には今でも時々考える疑問がある。

名実ともに恩人と言ってもよい、某金融機関の担当者は、なぜ当初の冷淡さとは打って変わって、松尾産業存続のために汗を流してくれたのだろうか。もはや死に体の企業と、チンピラ上がりの若い後継者。今でも、なぜここまで親身になってくれたのかわからないところがある。

一般論としていえることは、現在、中小企業の後継者難が盛んに取り上げられる中で、若い後継者がいるということは、金融機関の審査にプラスの要素となるということだ。もともと、母が急遽、私に帰ってきてほしいと懇願したのも、原稿用紙をマル覚えさせられたのも、金融機関の担当者に、家族承継のストーリーを示すためだったのは明らかだ。

中小の経営者にとって、会社が融資を受けるということは、自分が借金をするのと同じことである。もっと露骨に言えば、若い後継者が保証人になれば、借金にかける首が一つ増える。融資を増額できるのは、当然と言えば当然なことでもある。

しかし、私はそれだけではないものを感じている。担当者とのやり取りで、ひとつ思い出すことがある。融資がひと段落付いたころ、彼が言った言葉だ。

「渋谷さん、私が入社するまで、しっかり頑張ってください」。

もちろん、冗談で言ったのだろうが、私はどこかに本音も混じっていたのではないかと思っている。もし彼が、私と対話する中で、新生松尾産業に、自分の身を投じようと思うほどの「何か」を感じてくれたのだとしたら、うれしいことだ。

―経費構造を変革せよ―

借り入れにより当面の倒産の危機を脱することはできた。しかし金を借りたからと言って会社が立ち直るわけではない。しょせんは延命できるだけであり、利益を確実に出せる企業体に変えていかなければ、累積赤字は膨らんでいくばかりである。

私は経営など学んだことがなく、業界についても何も知らない。この状態で、黒字を実現するためにできることを考えた時、一つだけあった。それは経費削減だ。なにしろ、当社には金融機関から横領を疑われるほどのずさんな経理があった。少し調べただけで、どんぶり勘定というべき金の使い方が次々に明るみに出てきた。

断っておくが、当社の総務、経理担当者は優秀である。しかし、権力ある役員の意識が低いのだ。経営者に、掴み銭で飲みに行ってしまうような体質があれば、いくら社員が優秀でも財務規律など望むべくもない。

私が宣言したことの第一は、「黒字を達成するまで役員給与ゼロ」

ということだ。

役員給与は原則的に、利益から出すものだ。利益が何年も出ていない会社の役員に給与をもらう資格などない。オーナー企業でなければ、株主の突き上げで、会社をたたき出されているだろう。役員給与ゼロは、その時の自分にできる、またやらなくてはならない第一のことだった。結局、役員給与ゼロはその後2年間続くことになる。

さらに実施したのが、集中購買制度と一円稟議である。

集中購買制度は、すべての購買を副社長の管理下に置き、支出を見直す試みだ。技術者や購買担当者と顔を突き合わせながら、仕入れや備品の購入などをすべて洗いだした。相見積を必ず取って、国内業者から仕入れていた部品を海外に切り替えたり、重複する出費を一つにまとめたり、タブーなく削減を検討していった。

慣習やしがらみで「それはちょっと無理では…」と社員がいう部分こそが勝負だ。今までの方法、コスト構造を根本から変えないと、改革はないのである。私は素人で業界の慣習を知らないからこそ、ゼロベースで考えることができたのだと思う。

そして一円稟議。1円以上のものを購入する際にはすべて稟議書を書かせ、私の決済を取るという制度だ。少額の購入でいちいち稟議書を作成するのは、手間やコストがかかり非効率、という批判は当然あるだろう。それは正しい。しかし、その時の当社に必要なことは、非効率になろうとも、会社全体で経費に関する意識を高めることと考え、断行した。

トップがやらなきゃだれがやる

お気づきの方もいるかもしれないが、集中購買制度と一円稟議という経費削減策は、日本電産の創業者で、現会長の永守重信さんが考案し、書籍などで紹介しているもの。私が語ったのは、その受け売りにすぎない。

私に永守さんとの面識も何もない。たまたま、そのころ本で制度についての知識を得て、そのまま実施したままでである。私は、大学に数日しか行っていないし、経営について人から教えてもらったことがないので、参照できるものはなんでも取り入れる気でいたのだ。

世間には、経費節減を含め、様々な経営ノウハウがあふれている。よほど的外れの物ではない限り、正しい部分が大いにあるし、しっかりやれば結果も出るだろう。しかしそれを、実行できるか否かは別の問題であり、成否はトップの覚悟にかかっている。

ノウハウを集めて中途半端に実施し、結果が出ないとすぐにあきらめてしまう経営者は多い。困るのは現場だ。最悪なのは、率先して、批判覚悟でついてきてくれる部下が、トップが改革を投げ出すことではしごを外され、立場を失うことだ。

改革は現場の協力がなくては絶対にできない。トップの「やる」の言葉に覚悟が感じられず、社員が疑心暗鬼になるようなら失敗は決定づけられている。「やってみせ　言って聞かせて　させてみて　誉めてやらねば　人は動かじ」という山本五十六の言葉があるが、まずは自分自身が率先垂範するからこそ、部下の中から一緒に動いてくれる人が出てくる。

集中購買と一円稟議をはじめとした数々の経費削減策により、当社の経費は激減、3割近く削減することに成功した。元々、低くない売り上げがあるので、コスト構造を変えれば結果は出る。7期連続の赤字は、なんと私が就任した翌年、黒字に転じることとなった。逆に言うと、覚悟を決めればできることを7年間やっていないということだ。

私は決意を固めていた。黒字決算を行った後、母に「社長をやらせてほしい」と直談判したのだ。

母はまだ早いと思ったかもしれないが、客観的にも主観的にも、私が近い将来、社長に就任するのは既定路線。それならば、トップであってトップでないような半端な位置にいるのではなく、一日でも早く社長に就任し、名実ともに会社を背負って自分を背水の陣に立たせてしまったほうが良いと考えた。

そして、社長でなくてはできない「本当の改革」を行うのだ。

第四章

「過去最高益を叩き出す理由」

―祖父の夢―

業績は順調に回復したものの、精神的には追い詰められていた。副社長就任以来、不安に押しつぶされそうな日々で、夜寝れないこともしばしばあった。

当社では毎月、全社で朝礼を行っているのだが、そのころ、朝礼の前夜、浅い眠りのなか必ず夢に祖父が出てきた。夢の中での祖父は、近くとも遠くともつかない場所から、私をじっと見ていた。声も発さず、表情も笑っている様でも怒っている様でもない。ただじっと、見ている。

この夢は、単純に考えて、プレッシャーの現れにほかならないだろう。どちらかというと自由気ままに生活してきた20歳を超えたばかりの自分に、いきなり家業の存亡が託され、多くの社員とその家族の運命を背負う。夢の中、遠くで見つめる偉大な祖父は、その重圧の象徴のように感じられた。

そして自らの意思で社長を引き継ぎ、いよいよ、社長就任の前夜。眠りについた私の前に、やはり祖父は現れた。しかし祖父の様子は、それまでとは異なっていた。

祖父は笑顔をたたえていた。夢の中で初めて、優しく微笑みかけてくれた。「ここまで、よく頑張ったな」と、私を認めてくれたような表情だった。私は祖父の胸に身を任せ、子どものように泣いた。その時の祖父は、幼いころにみた優しいおじいちゃんであると同時に、威厳ある創業者でもある。二つの側面がぴったり合わさった、大きな人物として私の前に姿を見せたのだ。

朝、枕は涙でぐっしょりと濡れていた。

私は副社長就任後、重圧から早く楽になりたい、苦しい状況を抜け出したい、という気持ちだけで頑張って来た。それは、まるで自分だけが苦しい思いをしているような、孤独を感じながらの闘いでもあった。

しかし私は一人ではない。祖父や両親から大切なものを受け継ぎ、社員や取引先、多くの人に支えられ、ここまできた。社長になるということは、自分の魂を会社に捧げ、自分と会社を同一のものとすることだ。重責はあっても、決して孤独ではないのだ。

夢の話は、どこまで行っても私の心の中で起こった事象に過ぎない。しかし、その夜の夢は、私の中に経営者としての魂が入った不思議な体験だった。

社長就任の朝、心は晴れ晴れとしていた。

盟友の入社

話は前後するが、社長就任直前に、もう一人、心強い仲間が自分の傍についてくれた。それは、沖学園高校時代のエピソードで紹介した、江口である。

高校生の時、不良な世界ではあるが、ともに「上」を目指し仲間だ。彼は、学校を卒業した後、自動車整備士の国家資格を取り、NISSANのディーラーで働いていた。車やバイクが好きだった私たちは、その進路を我がことのように喜んだものだ。その後も付き合いは続き、遊びに行ったり、飲みに行ったりしながら、互いの近況や悩みなどを語り合った。本音で話せる数少ない仲間だ。

社長就任の直前、激務の中、久しぶりに会い、ちょうど一緒にふろに入っている時である。その日は、内容は忘れてしまったが彼の悩みを聞き、いろいろと答えていたのだが、突然「俺は毎日辛い思いをしているのに、なぜ今、彼の相談に乗っているのだろう」という想いがこみ上げ「俺だってつらいんだよ！」とシャワーを浴びながら号泣してしまった。

副社長として改革を進めてきた2年間、体力的にも精神的にも疲れ切っていたが、「俺が弱音を吐くようなら、会社の未来はない」と自分を追い詰めていた。言っておくが、古参の社員は皆協力的だったし、若い自分を支えてくれていた。しかし、その視線に、プレッシャーを感じていたのも事実である。

同年代で、何でも話せる親友であり、お互いの良いところも悪いところも知り、苦楽を共にしてきた江口は、新生松尾産業に必要な人間だ。

「おれと一緒に夢を追わないか」。ほどなく、私は彼に入社を頼んだ。車という自分が好きな分野でスキルを高め、安定した仕事についていた彼を、いつ潰れてもおかしくない状況にある会社に引き入れてもよいものか悩んだが、思い切って切り出すと、江口はその言葉を待っていたかのように、入社の意志を示し、すぐにNISSANを辞めてきた。余計な言葉は何もいらなかった。

今も、あの時の決意には感謝している。

―朝礼でぶち上げた目標―

初朝礼。社長就任のあいさつで、私はこう宣言した。

「私が社長に就任するからには、当社は売上30億円を目指します」。

当時の売上は一億六千万円で、その数字も年々下がり続けている。これを一気に20倍近くに引き上げるという宣言だ。

私の言葉を聞いた社員たちは、ポカンとしていた。それはそうだろう。2年間副社長を務めたとはいえ、社長に就任し、今目の前で目標を語っているのは22歳の若者なのだ。

社員の中には、私のことを赤ん坊のころから知っている人も多い。手が付けられない不良だった頃の私を知っている社員もまた多い。チンピラ上がりの若造がハッタリを言っている。顔には出さなくても、そう思った人もいるに違いない。

しかし私は至極本気であった。決して根拠のない数字ではなかった。副社長時代に、現場の社員とひざ詰めで話し、防犯製品の市場規模とシェアなどを検討したうえで、現実的に取れる数字として、前々から練っていたのである。

ただ、大きい売上目標を掲げたことには、現実的に計算できる数字だからというだけではない理由があった。確かに、私が副社長に就任してから実施した経費節減が功を奏し、収益を出すことには成功した。しかし、コストカットだけでは結局のところ縮小路線にすぎない。黒字化の達成だけで慢心しては、先細りになるだけだ。

売上を20倍以上にするという目標は、今まで通りの事業では達成できない。既成概念の枠を外した展開を行わなければ土台無理な数字だ。そのような数字を掲げることで、勝負はこれからだ、という意思表明をしておきたかったのだ。

インビュー製品との出会い

売上アップのために考えるべきは「誰に」「何を」売るのかということだ。

売る相手は既存顧客か新規顧客か、売るモノは既存商品か新規商品か。その戦略を練るためには、まず自社製品の市場での立ち位置を知らなくてはならない。

社長就任後すぐに行ったのは、全国の有名家電量販店のチェーンを中心に、主要なクライアント店舗を回り、電子機器などのディスプレイでロスコンがどのように使われているのかを見て回る、いわば全国行脚だ。

その結果は、驚くべきものだった。多くの店舗において、デジタルカメラ売場など、それまで自社の物が使われているはずの場所に、ある他社製品が使われ、完全にリプレースされていたのである。

当時、私には業界の知識はあまりなかったので、同行した社員に「この製品は何？」と聞いてみると「インビューですね」との答えである。

インビュー(InVue)は、米国ノースカロライナ州に本社を置く、防犯機器メーカーだ。無線式のハイエンド製品で世界的に有名な企業だが、近年有線式に進出し、日本の市場に急速に入り込みつつあるのだという。

「このような状況になるまでなぜ放っておいたのか」と嘆きたい気持

ちを押さえつつ、社に帰ったあと、じっくり同社製品の分析をはじめた。

結果、インビュー製品は当社製品の弱点と言える部分を補う機能を、全て兼ね備えていた。

たとえば給電。ロスコンはパワーデリバリーができないため、気づいたときに電源が入っていなかった、ということがあると報告されていた。また、ロスコンは細いケーブルを使用していたが、インビューは断線しないよう太く、固定電話のコードのように螺旋状になっている。アラームも、当社製品が80デシベルなのに対し、インビューは105デシベル。大型店舗のディスプレイでも安心できる仕様になっていた。

ここで重要なことは、これら当社製品の「弱点」として挙げたことは、使い勝手や低価格化のため、狙ってそのように作っていた面が強いということだ。インビューの製品の価格はロスコンの3倍で、価格優位性はある。それでもインビューの製品が売れて、次々入れ替えられているということは、インビューのターゲティング、ポジショニングがしっかりしている証拠。当社製品の売上が右肩下がりになるのは当然だった。

―究極の選択―

では、対インビューのため、我々にはどのような戦略が考えられるのだろうか。幹部や技術者とともに検討が始まった。

当社はメーカーである。そのため、必然的に一つ目の選択肢は、インビュー製品の機能にキャッチアップ、あるいは上回る機能を持ち、かつ価格でも対抗できる製品を開発するということになる。

しかしこの方法のネックは開発期間。技術者に聞くと、開発には

5年かかるという報告だ。5年はあまりにも大きい。その間に、すべての勢力図が塗り変えられてしまうだろう。30億円の売上目標達成は、はるか先になる。それどころか、その前に会社の体力が尽きてしまうかもしれない。

ここで私は、もう一つの選択肢を思いついた。それは相手の内側に入り込むこと。すなわちインビューと代理店の契約を結び、日本での販売権を取ることだ。

いうまでもなく、競合製品を扱うことは諸刃の剣であり、難色を示す社員もいた。長年培ったメーカーとしてのプライドの問題もあった。しかし、当社は今まで小売業の皆様に安心・安全を提供することで評価を受けてきた。インビューの製品が、我々の製品と異なるポジションにおいて優れているのであれば、その製品を売ることが最高のソリューションの提供だ。メーカーの意地を突き通すだけではエゴに過ぎない。私たちには日本のマーケットに向けた事業活動に一日の長があり、その販路とノウハウを使って売ることで、さらなる付加価値が生まれるとも考えられる。

思い立ったら、すぐに動く。大口のクライアントを通して、インビューの担当者に打診。それからわずか数日後、インビューからのオファーを受け、会合が決まった。

—メーカーの矜持は捨てず—

インビューとの交渉が始まった。インビューは日本での販路拡大を狙うだけに、当社のことも細かく調べ上げていた。そして、当社との代理店契約にメリットを感じていることも明白だった。

もうひとつ、交渉の中で強く感じたことが、私の「若さ」を買っていることだった。当時23歳。日本では、若いことで甘く見られ悔しい思いをしたが、アメリカでは若さが高く評価されるようだ。いや、もっとシビアで冷徹な言葉のほうがふさわしい。あと何年、第一線で精力的に動けるのか、どれだけの製品を売ってくれるのか、いわば私の「寿命」まで考え値踏みされている感覚があった。

前に、日本の金融機関で金を借りる時、若い後継者の有無が重要だったと書いたが、それとも少し違うようだ。イメージ的には、日本の金融機関は私のストックとしての担保価値、インビューはいわばフロー、私が「稼ぐ力」を緻密に計算している感覚である。

基本的に、双方前向きな交渉ではあったのだが、私の頭を悩ませた要求が一つある。代理店契約の条件として、ロスコンの製造をやめることを要求されたことだ。インビューにとっては、競合である当社がロスコンの製造から手を引けば、一気にシェアが取れるのであるから、当然と言えば当然の要求である。

インビューの代理店契約はまとめたい。しかし、この要求は絶対に飲めない。

激変するマーケットにおいて、経営戦略にタブーはない。当社のメーカーとしての事業も、未来永劫続くわけではないのかもしれない。しかし主業務をやめる判断、タイミングについては、トップが手綱を握っていなければならない。ロスコンのブランド力を、今よりもアップさせることができるという確信もあった。

譲れる部分を譲歩しながら、主張すべきところは主張し、契約の条項を一つ一つ詰めていく作業は、極めて神経を使った。インビューの法務部と、当社の英文契約に強い顧問弁護士の間で、契約書の内容を何度も見直していった。

そして２０１８年８月、松尾産業は、米インビュー社と、一次代理店契約に至った。後から聞いた話だが、他社メーカーが自社製品の販売を並行してインビュー製品の代理店契約を結ぶのは世界で初めてだったそうだ。

―アメリカで見たもの―

２０１８年7月、ノースカロライナ州シャーロット。私は、ＣＥＯのJim Sankey率いるインビュー社との契約のため、この地に降り立った。

契約書にサインするだけではなく、3日間にわたる滞在の機会に、自分の目で日本でのシェアを伺う同社の製品力、営業力、すべてを見てやろうという気持ちだった。

正直に言うと、圧倒された。巨大な工場と研究所が立ち並ぶ東京ドーム5個分の敷地。本部では、私たちに向け、7つほどの主力製品の責任者が次々に入れ替わり、同社の創業から理念、製品開発などのストーリーを魅力的に語っていく。

そして、工場で目を見張ったのがQA(品質保証)ラボの質の高さだ。製品テストでは、曲げや引っ張りのテストを5万回繰り返し、クリアしたものだけを市場投入することを徹底していた。「値段三倍でもむしろ安いくらいだ」と思わずつぶやいた。

また、開発・製造工程だけではなく、販売にもしっかりとした方法論がある。2日目は、一日かけてセールストレーニングを行い、製品の性能や特徴、売り方のレギュレーションを「缶詰」で学んでいった。

徹底的に自社製品について座学で学ぶ姿勢は、日本流、体育会系の営業スタイルを持つわが社には、カルチャーショックといえるべきものだった。

インビューの売り方は一言で言えば、質が良いものを、高く売る営業スタイルである。情に訴えて頭を下げたり、値引き競争をするのではなく、価格以上の価値があるということをプレゼンテーションすることで心を動かす。アメリカと日本、遠く離れてはいても普遍的な方法だ。当社がインビューから学ぶこと、学ばなければならないことはたくさんある。代理店契約を結ぶのは間違いではないという確信が強くなった。

私は愛国心が強く、海外の事物をことさらに称賛したり、外国を持ち上げて日本を貶める言い方は好きではない。だが、外資の強さは認めざるを得ない。外国の優れている部分を認められずに内向きになれば、世界から取り残されるばかりだ。

営業の仕組みを作れ

新生松尾産業の成否は「売り方」にかかっている。次に取り組むのは、営業の変革に取り掛かることだった。

営業という仕事には一種、才能と言えるものがある。人から何も教えられなくても、すぐに大きな売上を上げてしまうスター社員というのは確かにいて、会社の売り上げが限られた人に依存しがちだ。

また、営業手法は「体で覚える」とか「見て盗む」と言われ、理屈で教えるものではないかのように語られる風潮もある。

周囲の経営者と話していると「うちは商品はいいんだけど営業が駄目で…」「うちにもスター営業社員が欲しい」と、他人事のようにぼやいている光景を見ることも多い。

しかし私が目指したのは、一にも二にも「仕組みづくり」である。すべての営業社員が準拠することができる、顧客対応の枠組みを策定すること。極論すれば、誰が売っても同じ結果が出る方法論を確立することである。

営業は決して行き当たりばったりで行うものではない。自社製品が、価格以上の価値があることを納得してもらうためのロジックは、すべての社員が理解、共有すべきものだ。むろん、現場では様々なことが起こり、臨機応変に対処しなくてはならない場面も多いのだが、常に枠組みに基づいて考える習慣を付けることが大切だ。

経費節減でもそうだが、私は営業手法も特別な手法は使わない。シンプルでどの会社でも使える理論に準拠している。しかし、営業社員の育成は、外部研修など人任せにはしないようにした。というのも、営業手法の策定には、普遍的ノウハウを小売業界のニーズや自社製品の強み、他社の動向など、個別の状況に落とし込み、改定を繰り返しながらブラッシュアップさせるプロセスが必要となるからだ。

仕組みづくりには経営トップがコミットすることが非常に重要だ。論理的に考えると、仕組みにのっとって営業を行い、売上が上がらないとすれば、営業社員ではなくマネジメントの責任である。その責任を明確化しているからこそ、営業社員は自信をもって売ることができきる。

営業の仕組みづくりを行い、理論と実践を車の両輪として反復するうち、売上の数字は目に見えて上向いていった。営業力が属人的な能力だけではない、組織の強さとして表れてきたのだ。

―V字回復―

社運を賭けた、インビューの国内代理店参入の狙いは当たった。1億円あまりまで落ちこんでいた売り上げは、代理店契約のあとの一年で3倍以上、4億円にまで跳ね上がった。売上のうち7割はインビューの売上であり、利益構造は根本から変わった。

重要なことはインビューのみならず、ロスコンの売上も落ちず、むしろ販売力が強化されたことだ。ロスコンの製造を辞めずにインビューと並行して売ることは、直接的、間接的に自社の売上に良い影響を与えてくれた。

というのも、これまでは、顧客の課題解決に自社製品を当てはめて提案するしかなかった。そのソリューションが、顧客ニーズに100%対応する方法ではないとしても、である。インビューを扱うことで、ポジショニングを異にする製品を商品としてラインナップでき、他社製品と自社製品の分別なく、本当に必要なものを勧めることができるようになった。問題解決力が増し、相乗効果を生むようになったのだ。これは、ロスコンの本当の価値を見つめなおすことでもあった。

国内に高いシェアを持つ松尾産業だからこそ、インビューを日本で展開する唯一無二の営業スタイルが構築できたのだともいえる。インビューは単なる取り扱い一製品ではなく、当社が培ってきた良き部分を高め、そして時代にそぐわなくなってしまった部分を修復してくれる触媒となってくれたのだ。

社員も頑張ってくれたと思う。メーカーとして他社製品を売ることに複雑な思いをもつ社員もいたことは想像できるが、新規事業の意義を理解し、成功させるべく尽力してくれた。

組織が一丸となって達成したV字回復に、うれしさがなかったと言えばうそになる。慢心できる数字では全くない。さらなる事業開拓、営業仕組化、人事制度の構築など、まだまだ課題は山積みであり、改革は端緒に立ったにすぎない。

第五章

「信念」

―誓った4つの理念―

いよいよ最後の章となった。この章では、当社の企業理念や、私の信念、現代のビジネス環境等に関する考えなどを述べてみたい。

社長に就任した際、私は4つの企業理念を示した。

一つ目は「情熱を持って仕事に取り組み、社員が働きやすい環境を作ること」。

人は情熱に突き動かされた時、最も大きな力を発揮する。私はすでに書いたように、小さなころから、打ち込む対象があると寝食を忘れ集中する性格だ。その著しさは特殊なのかもしれない。しかし、程度の差こそあれ、基本的に人は誰でもそうだ。情熱を持った人が10人集まれば、大げさではなく何でもできる。企業は社員一人ひとりの情熱を受け止める器だ。社員の情熱の火を消すことなく、生き生きと働ける環境が、大きな価値を生み出すのである。

二つ目は「安全安心な商品を作り、お客様のためになるものを提供すること」。

当社は創業以来、古今東西、小売業の大敵である盗難を防ぐことを目的に事業を行ってきた。製品開発、販売、コンサルティングなどの一つひとつの業務は、問題を解決して社会に価値をもたらすための手段である。顧客価値を最大にすることを目的に据えることで、業種業態にかかわらず、あらゆる商品力を高めていくことができると考えている。

三つ目は「常にグローバルな視野にたち、技術革新と価値づくりに挑戦すること」。

当社を生まれ変わらせた要因の一つは、アメリカの企業だった。これからの経営においては、中小企業でも、顧客、サプライチェーン、資本関係等々、国際的な視点が一層必須となるだろう。とくにIoTやAIの分野での技術革新は著しい。技術に国境はない。常に新しい技術に目を向け、導入に積極的に取り組むべきである。

最後に、「感謝の心を忘れず、買っていただいたお客様の後ろ姿に手を合わせ、社会貢献に努めること」。

目の前の客に、口八丁手八丁でモノを売り、「後は野となれ山となれ」では、事業は必ずいきづまる。値段よりも大きな価値を提供することで、はじめて次の購買につながる。買っていただいたお客さまの幸せのため、買った後の生活に共に寄り添って歩んでいく姿勢が必要だ。「社会貢献」という言葉は、決してきれいごとではなく、多くの人を喜ばせ、社会をよくする商品でなければ、持続可能にならないのだ。

当社ではこれらの理念を朝礼において、全員で必ず唱和する。社員のベクトルをそろえるためだ。そして誰よりもトップがその理念に基づいた言動を行うことが大切であることは言うまでもない。

―顧客主義は事業の基本―

激動するマーケットで、変わらぬ私の信念は「顧客第一」だ。

ここまで述べてきたように、会社の業種業態は時代により変わっていくものであり、むしろ変わっていかなければならないだろう。しかし「顧客第一」の信念は、事業の核として、未来永劫、大切にしていくものだ。

答えは常に現場にある。顧客に最も近い場所で、お客様が何に困っているのか、丁寧に聞き出し、解決していくのが事業の本質。これは祖父が、万引に悩む大阪の小売店のニーズに合う製品を模索し、苦心惨憺しながらロスコンを作り上げたときから、ずっと変わらない。メーカーでも代理店販売でも、コンサルでも、常に顧客第一の姿勢は一貫させなくてはならない。

大量生産・大量消費の時代であれば、「売ってやる」の精神で、規格品・既製品をお仕着せるだけでよかったかもしれない。しかし今、そのような商売は淘汰されつつある。

私は就任時の目標として「売上30億円」を掲げたように、数ある指標のうち売上にこだわってきた。それは、売上は、課題解決のためにその金額を出せる、という期待値の総量であるからだ。その期待に応え、さらに上回るからこそ、次もお金を出して買ってもらえる。

期待は次の期待を生む。お客さまからの期待値に、上限がないのは怖いことだ。安定した顧客だと思っていても、高まる期待に、常に応えられなければ、いつしか不満を持たれるようになる。家電量販店で、いつのまにか当社製品が他社に入れ替えられていたように、ほかの商品がその期待に応えてくれるなら、立場はあっという間に奪われる。

期待に応えられないのも怖いが、お客さまの期待値が下がるのはもっと怖い。大きな期待をされていない企業は、必然的に縮小再生産しかできず、ほどなく市場から消えていく。

一経営者はもっと学べ一

私は、学生の時は全く勉強しなかったが、今は1年に1000冊以上の本を読み、様々な分野の知識を得ている。学びは経営の必須条件であり、喜びでもある。子どもの頃、寝食を忘れ野球に打ち込んだように、今は学ぶことに夢中である。

マーケティング、マネジメント、ファイナンスなど、経営で学ぶべきことは幅広い。また、ビジネスを深掘すると、経営学のみならず、多様な事象について学ぶ必要が生じてくる。たとえば、海外取引が始まれば、国内外のマクロ経済や為替、国際金融、国際情勢、外交、文化や宗教についても知らなくてはならない。と同時に、日本の文化・歴史に通じていなければ、外国の人々と対峙できないことにも気づかされる。

日本人のビジネスパーソンを見ていると、受験戦争を潜り抜け、良い大学を出た人であっても、大学入学後、また就職後に、勉強しなくなる傾向が極めて強い。

私は、学校の勉強は決して無駄だとは思っていない。学生時代にもっと勉強しておくべきだったと今でも思うし、学問や学識ある人への尊敬もある。だからこそ、日本の受験目的の学び、教育に、もったいなさを感じてしまう。

むろん、学問を修めるだけでも駄目だ。よく、海外に留学し、MBAを取得した二代目、三代目社長が、会社を悪くしてしまうという話も聞く。これは学問そのものが原因ではないと思う。本人が実は事業に興味がなく、他人事のように分析するだけで、現場の声に耳を傾けず、理論を実務に落とし込むことができないからだ。要するに覚悟、熱意がないのである。

私は、経営に関するほとんどのことを学校以外の場所で勉強したので、例えば学校をドロップアウトした人や、多忙な社会人に学べる選択肢が増えるのは喜ばしいことだと思う。しかし最近全盛の、若手の起業家らがビジネスについて解説するYouTubeや、オンラインサロンなどを見ると、がっかりすることが多い。いわゆる「ビジネス系YouTuber」が語る内容は、中身がなくあきれるばかりだ。金融商品に投資して儲かった程度の経験はあるのかもしれないが、実業の経験がないことがすぐにわかる。そしてネタがなくなってくると「引き寄せの法則」だとか、スピリチュアルな話をし出す。それは経営者ではなく占い師がやることだ。日本の未来を作る、情熱を持った若い経営者が集まり、語り合い、学び合い、本物の知識を高め合う場が一つでも多くできてほしいと思う。

覚悟なき二代目・三代目に喝

私は社長としては四代目。世代としては祖父の代、両親の代に続く第三世代である。

日本の企業の9割は同族企業だが、特に二代目、三代目が会社をつぶすという話は枚挙にいとまがなく、揶揄する言葉もごまんとある。

批判を覚悟で言うが、多くの二代目、三代目と関わるなかで、残念ながら、非難されても仕方がないような人物とも沢山会った。会社の金を食いつぶし、先代が築き上げたものを毀損している者のいかに多いことか。

私たちは、先代先々代が残した、有形無形の資産を受け継いでいる。家に対しても、生まれ育った地域に対しても、日本国に対しても、責任や使命がある。にもかかわらず、家業の価値、存在意義、そして新時代への新たな役割について、本気で考えている人が少なすぎる。

あろうことか、会社の金で飲みに行ったり、横領まがいの金の使い方をしている者、それを自慢げに語るような輩も多いのだ。

いったい、会社の金で酒を飲んで何が楽しいのか、感覚が全く分からない。経営に関する苦悩は、飲みに行ったところで癒えることはない。癒やされるのは、目標を達成した時だけ。それも一瞬である。

公私混同の支出を行う若い経営者にわけをきくと「節税」だという。程度の低い言い訳である。大した利益がないのに節税とは笑わせる。

節税するまえに、思いっきり稼いで納税してみろ、といいたい。飲み食いで金を流出させるくらいなら内部留保して再投資するか、投資先がないなら社員に還元するのが当然である。意味のある交際費ならもちろん良いし、隠し立てする必要もない。私は会社の金で誰とどこで食事したか、すべて幹部にも社員にも、銀行にも税務署にも言える。

社長になるなら、自分の念頭から、会社の利益以外のすべてを捨て、会社に魂を売ることだ。その覚悟がないなら、経営などやめるべきだ。むろんこれは、自戒を込めて言っている。利益を出すこと、価値を生み出し、雇用と納税の責任を果たすことに疲れ、自分を甘やかしたくなったら、その時はビジネスの舞台を降りる。

ー立ち上がれ新世代の経営者ー

私は、経営者家庭に生まれ、家業を通し、家族、生まれ育った大牟田、そして祖国である日本について考えてきた。

今、日本を考える時に避けては通れない話題は、少子高齢化と人口減少である。とくに地方の衰退は、看過できない状況だ。

中小企業の後継者問題も深刻である。帝国データバンク『全国・後継者不在企業動向調査（2019年）』によると、同年における、会社の後継者不在率は65・2％。優れた日本の中小企業の技術やノウハウ、そして魂が失われれば、必ず国力の衰退を招くだろう。

市場に必要とされない企業が淘汰されるのはしかたないが、地域に雇用を生み、納税し、社会に価値を提供し続ける力がある企業は、適切な後継者が事業を引き継ぎ、永続しなくてはならない。

後継者はいればよいということでもない。多くの創業経営者は、個人としては優秀であっても、子供のことになると判断能力が鈍ってしまい、ふさわしくない人物に会社を引き継がせてしまう。何十年かけて作り上げた会社でも、無能な経営者の手にかかれば、壊れるのは一瞬。後継者選びは、これ以上ない厳格さをもって行うべきだ。

能力のない者を社長にはしないことはもちろん、働かない子をいつまでも専務などの役職に就け、役員給与をやりつづけるのも感心しない。社内に何もしなくても報酬をもらえる不条理な存在があることは、社員の士気に関わる。そんな禍根を長く残すくらいならば、まとまった金を持たせてでも、外に出すべきだ。子もまた、自分に覚悟、能力がないなら身を引け、と言いたい。

あくまで親は親、子は子。どのような道に行くのも自由だと思っている。会社を引き継ぎたいと言ったとしても、ハンパな人物であれば、絶対にやらせないと断言する。家業の魂を引き継ぐにふさわしい者であれば、血縁にこだわることなく、M&AやMBOなど適切な手段を用いて、会社を継いでもらうだろう。

20代の私が後継者について考えることは早いかもしれないが、私の跡を継ぐ人は、自分とは正反対の能力を持った人であるような気がしている。だからこそ、自分とは異なる才能を認められる経営者でありたいと思っている。

あとがき

未来へ

最後に、会社並びに私自身の夢、目標について考えてみたい。

売上3倍を達成した時、社内は祝賀ムードにあふれていた。しかし、その時私が思ったことは「あと26億円か……」。社長就任時に掲げた「売上30億円」はまだ先である。こんなところで満足していては、必ず元の木阿弥になる。

売上は期待値の現れである。目標達成のためには、社会から大きく期待される会社になることに尽きる。真に社会に必要とされる企業になることができるなら、30億円すら単なる通過点に過ぎない。

本当のことを言うと、就任のあいさつ直前まで、売上目標額を「1兆円」と言うかどうか迷っていた。さすがに就任早々、1兆は理解されないと思ったため、マイルドにしたまでのことである。その「1兆円」の目標は、現在は堂々と掲げている。いまなら、社員のだれもが、私の本気を理解してくれていると信じている。

具体的な目標として、アメリカに現地法人を作ることがある。米国企業に圧倒された経験は、会社、そして私自身の成長のために必要なことだった。インビューに限らず、同国のビジネスに学ぶところはまだまだたくさんある。とくに当社では、AIや顔認証などオンラインセキュリティの事業を強化する途上にある。シリコンバレーの最新情報を取り入れることができなければ、世界の趨勢をつかむことはできないだろう。技術だけではなく、シリコンバレーでは、日々会社が起こっては消え、20代の若手経営者が、世界を変えるため、失敗を恐れず挑戦している。そのような企業家精神も、会社としてよい影響を与えてくれるはずだ。

しかし私にとって、アメリカもまた、勝たなくてはならない対象だ。私が目指すのは、いつでも一番。日本から、大牟田から、世界のてっぺんを取ることである。

日本は近代以降、西洋に学びつつ産業を興し、世界で勝負できる企業と経営者を多数輩出してきた。奇跡的な経済成長の原動力となったのは、西洋の知見もさることながら、武士道にも通じる日本資本主義の精神だった。現在、存在感が薄れているといわれる日本企業を、再び世界に羽ばたかせるのは、平成生まれの私たちの世代が生み出す、新たな日本式経営だと思っている。その先陣を切る気概で、経営に邁進していきたい。

その改革に「魂」はあるか。

**倒産寸前の企業を
1年で再生した、
その裏側。**

渋谷 翔一郎（しぶや しょういちろう）
1992年生まれ。福岡県出身。日本経済大学を中退し、2014年より実家の経営難を立て直す覚悟で松尾産業株式会社の入社。同年、同社代表取締役社長に就任。債務超過を1年で黒字化に成功。過去最高売上を達成した2019年より社名を松尾産業から英字表記に変更し、拠点を東京に移した。

2021年5月31日発行

著　　者　渋谷 翔一郎

発　　行　株式会社グローヴィス
〒106-0047 東京都港区南麻布 3-20-1 麻布テラス 5F
Tel: 03-6859-8421　Fax: 03-6859-8401

発 行 人　足立 克之
編 集 人　柚木 耕介
装　　丁　大高 広
校　　正　謙成文庫

印刷製本　シナノ書籍印刷株式会社

発 売 元　星雲社（共同出版社・流通責任出版社）

ISBN978-4-434-29094-7　C0234